RÈGLE

DE CONDUITE

Par DUPRA

Auteur du SOUVENIR DE PARIS

MONTPELLIER

IMPRIMERIE TYPOGRAPHIQUE DE GRAS

1863

42658

RÈGLE DE CONDUITE

MORALE D'UN PÈRE A SON FILS

1er CHANT

Mon fils, ne fais à nul mortel ce que tu crains pour toi,
Religieusement garde toujours ta foi ;
D'être trop exigeant ne prends pas l'habitude,
Et ne deviens jamais monstre d'ingratitude ;
Garde le souvenir du moindre des bienfaits,
Oublie facilement le mal que l'on t'a fait.
Récite ton *Pater* avec dévotion :
Pardonnez-nous, Seigneur, comme nous pardonnons.
Ne t'abandonne pas à d'infâmes plaisirs,
A plaire au Créateur borne tous tes désirs ;
D'un ami débauché ne suis pas les caprices,
Car il n'y a qu'un pas de la vertu au vice.
Tu ne sais pas combien la critique est puissante,
On te juge d'après celui que tu fréquentes.
En suivant tes penchants que proscrit la raison
Tu t'exposes d'aller quelque jour en prison.
Ne te fatigue pas sur le gouvernement:
L'artisan perd toujours à chaque changement.
Surtout n'imite pas ces grands agitateurs
Qui propagent leurs vœux par des discours flatteurs.

Tous ces rusés menteurs, qu'on croirait bons apôtres,
Pensent à s'enrichir des dépouilles des autres;
Prendre le bien des riches est leur égalité,
Mon fils, c'est de Caïn la vraie fraternité.
Crois-moi, ne sois jamais tenté du bien d'autrui
Et méprise les biens qui seraient mal acquis.
Des principes d'honneur garde l'heureux penchant,
Ferme toujours l'oreille aux discours des méchants.
Pour plaire au Créateur il faut suivre l'école
Des belles actions et non pas des paroles.
Combien vois-tu de gens, au sein de la richesse,
Qui paraissent à tes yeux goûter la douce ivresse ;
Qui, dans leurs vains plaisirs oubliant le Seigneur,
Tarissent à long trait la coupe du malheur ;
L'ambition chez eux fut leur premier mobile ;
En spéculant toujours, jeunes, ils viennent débiles.
La mort vient et les frappe, mais ils n'emportent rien,
Ils regrettent la vie en regrettant leurs biens.
S'ils pouvaient pour de l'or prolonger l'existence
Ah ! pour ne pas mourir ils payeraient d'avance.
L'inexorable mort, qui frappe l'indigent,
Frappe le riche aussi, malgré tout son argent.
L'or fut tout pour eux, leur salut ne fut rien.
Bien souvent leurs parents, envieux de leurs biens,
Désirent leur trépas, et, bien longtemps d'avance,
Pour un beau mausolée ils feront la dépense.
Mais le beau mausolée n'est qu'ostentation,
Ils ne l'honorent pas d'une seule oraison.
Et le bien qu'on leur laisse a pour eux tant de charmes
Qu'ils ne l'honorent pas bien souvent d'une larme :
Ils ont passé leur vie en tribulations
Et n'ont que des ingrats à leur succession.

2me CHANT

Vois, le pauvre artisan, en proie à la roture,
Par un travail actif gagne sa nourriture,
D'un travail trop pénible il brave la rigueur.
Quand il mange son pain, mouillé par la sueur,
Il a le cœur content, et sa persévérance
Lui fait de l'avenir une douce espérance.
Il a son jeune fils, et dans son cœur il veut
Qu'il aime son prochain, son pays et son Dieu.
Des vices de ce monde il lui montre l'horreur.
Par ses sages leçons il le mène au bonheur,

Quand son fils a grandi, avec tous ces efforts,
Il a fait son devoir et ne craint pas la mort ;
A son aspect souvent nous l'avons vu sourire :
Qui vécut toujours bien ne craint pas de mourir.
Puis, en quittant ainsi ce monde de douleurs,
Il sera transporté dans un monde meilleur ;
Dieu, dans son équité, sa bonté paternelle,
Va lui faire goûter un bonheur éternel.

DUPRA.

(Propriété de l'auteur.)

LE MASSACRE DES THESSALONICIENS

PAR THÉODOSE LE GRAND

—

Théodose, en Syrie, fut le premier talent,
Puis il fut surnommé le Grand de l'Occident ;
De toutes les nations il avait les suffrages
Et recevait partout le prix de son courage.
Il avait des vertus jointes à de grands talents,
Mais il cédait trop vite à ses emportements.
D'innombrables bienfaits de ce roi courageux
Suivaient souvent de près ses moments orageux.
De grandes qualités le rendent recommandable :
Par ses emportements s'il s'est rendu coupable.
S'il ne peut employer que des moyens futiles,
Ses larmes et ses remords seront bien inutiles.
Un jour Thessalonique, capitale d'Illyrie,
Pour le dernier combat qu'il gagna en Syrie,
Voulut donner des fêtes et d'un si grand éclat,
Qu'on ne pût l'imiter dans ses autres États.
Botherie, gouverneur, retenait en prison
Un conducteur de char, pour plus d'une raison.
Il était le plus fort de tout Thessalonique,
Et pour le délivrer chacun se communique,
A leurs désirs enfin il a un certain droit,
Car des coureurs de chars il est le plus adroit ;

Ils vont chez Botherie, puis il le lui demandent :
De bon gré ou de force, il faudra nous le rendre.
La justice déclara que tant d'exiguité
Était par trop d'éclat blesser sa dignité.
Ils déclarèrent aussi, pour plus d'une raison,
Que le coureur de chars resterait en prison.
Après un tel refus, le peuple est en rumeur,
Et ne se borne pas à de vaines clameurs :
Le tumulte se lève, la sédition s'accroît,
Tous les esprits s'échauffent et demandent une proie.
On leur refuse encore, aussitôt ils s'emportent,
De la cour aussitôt ils ont brisé les portes.
Dans leur premier élan délivrent le coureur,
Puis ils courent au palais du pauvre gouverneur,
Qui vient au-devant d'eux avec un air aisé,
Avec l'intention de les tranquiliser.
A son aspect soudain une grêle de pierres
Le frappe, le terrasse, son corps jonche la terre.
La justice, indignée d'un fait si plein d'horreur,
En fait tout aussitôt avertir l'empereur.
Son caractère ardent alors s'est enflammé :
— Une ville, dit-il, que j'ai toujours aimée
Et que j'ai honorée de tant de prévenances,
Il faut que je l'immole à ma juste vengeance ;
Il faut que le sang coule, que ce soit un enfer,
Et que le feu dévore ce qu'épargne le fer.
Ambroise, un saint prélat, bon, juste et pacifique,
Apprend le sort qui va frapper Thessalonique ;
En ministre chrétien, le devoir lui impose,
Afin de le calmer, d'écrire à Théodose,
Ce qu'il fait à l'instant. Enfin, par la douceur,
Il espère gagner et fléchir l'empereur.
Il dit enfin qu'étant miséricordieux
Un monarque sur terre est l'image de Dieu.
Et Dieu, lui disait-il, sait toujours pardonner.
A trop d'emportement, faut-il s'abandonner ?
Pour être digne enfin d'avoir le rang suprême,
Il faut posséder l'art de se vaincre soi-même.
Vous pouvez par leur mort assouvir la vengeance,
La plus belle vertu, Sire, c'est la clémence.
Ce glaive, que vos mains savent si bien tenir,
Est fait pour les défendre et non pour les punir.
Ils ont bien mérité toute votre disgrâce,
A l'exemple de Dieu, Sire, faites-leur grâce.
Vous, vous êtes né homme, chrétien et empereur,

Combien n'avez-vous pas aussi commis d'erreurs !
Combien, par les remords en proie à vos alarmes,
Rien qu'à ce souvenir vous répandiez des larmes.
Ces regrets si cuisants, comme ils me semblaient beaux !
Ne puis-je, disiez-vous, ouvrir les tombeaux !
Que n'ai-je, disiez-vous, pour réparer mes torts,
Le moyen de pouvoir ressusciter les morts !
C'est vous, prince, c'est vous, qui avez prononcé
Ces mots, qu'ici ma plume ose encore retracer.
De vos égarements le souvenir me touche,
Tous les évêques, ici, vous parlent par ma bouche,
Et nous invoquons Dieu, Sire, pour obtenir
Qu'il vous inspire, afin de ne pas les punir ;
La clémence, bien plus que la punition,
Les fera repentir de leur sédition.
Sitôt qu'il eut reçu un écrit si pressant,
Il revint généreux, doux et compatissant.
Mais il est entouré de flatteurs détestables
Qui sont toujours courbés pour lui être agréables.
De tous les courtisans, la hideuse présence
Relève à l'empereur la grandeur de l'offense.
Ruffin fut de tous ceux qui penchaient vers le mal
Qui eut le plus d'empire ; son esprit infernal
Fit croire à l'empereur qu'il était condamnable
En ne punissant pas une ville coupable ;
Qu'on n'était vraiment grand qu'en punissant l'offense,
Et qu'il ne fallait pas avoir trop de clémence ;
Que d'avoir pour le peuple un peu trop de bonté,
Cela nuirait toujours à son autorité :
— Il abuse toujours de la modération ,
Puis il est toujours prêt à la sédition,
Pour renverser les lois toujours prêt à s'armer,
Et ce qu'il ne craint pas, il ne peut pas l'aimer.
Un juste châtiment, l'évêque le critique,
Il vous parle en prélat et non en politique ;
Sur le bien temporel, enfin, il doit se taire,
Il ne doit s'occuper que de son ministère ;
Qu'aux pieds de son autel il ait enfin recours,
Et ne prétende pas à gouverner la cour.
Il est ambitieux sans vouloir le paraître,
Car il voudrait ici faire la loi à son maître ;
Faites qu'Ambroise croie vos idées pacifiques,
Faites tomber la foudre sur Thessalonique ;
D'une ville rebelle faites le sacrifice ;
C'est là votre devoir, c'est aussi la justice,

Et le glaive tranchant dont sa main est armée
N'est fait que pour frapper ceux qu'elle a condamnés.
A un pareil discours, la fureur le transporte.
Puis il hésite, il cède, enfin Ruffin l'emporte.
Il ordonne aussitôt, au nom de l'empereur,
Que l'évêque de Milan doit garder son erreur.
Ambroise est abusé; Ruffin est plus tranquille,
Et Théodose aussi est parti de la ville.
Il pourra à son gré, en lion rugissant,
Commander le massacre et s'abreuver de sang.
L'homme qui réfléchit est toujours étonné
Que l'ordre de faire mal soit si vite donné ;
Et que pour faire le bien, quel que soit le moteur,
A l'exécution qu'on mette tant de lenteur.
Thessalonique alors va payer son offense,
Aucun dans le conseil n'a cherché sa défense.
On leur annonce enfin, par un discours plein d'art,
Grand jeu le lendemain, grande course de chars ;
Et le peuple, envieux de ces réjouissances,
Attend le lendemain avec impatience.
A de tels spectacles ils sont si empressés,
Que le jour est trop lent, ils vont le devancer ;
Le soleil est levé, laissant par ses rayons
Aux Thessaloniciens toutes leurs illusions.
Nul ne pouvait enfin échapper à son sort,
Comme de vils troupeaux condamnés à la mort.
De farouches soldats, les armes à la main,
Volèrent de toutes part verser le sang humain.
A un signal donné, ils poussèrent de grands cris,
Puis sur la multitude exercèrent leur furie ;
Tous, au fil de l'épée et sans distinction
Ni d'âge, ni de sexe, ni de position,
Ils tuèrent aussi bien un homme octogénaire,
Comme le jeune enfant sur le sein de sa mère.
Dans l'enceinte du cirque on voyait entassés,
Dans le même monceau, les morts et les blessés ;
Ceux qui cherchaient à fuir, pour éviter la mort,
Enfin dans chaque rue trouvèrent le même sort,
Ces monstres inhumains, pour compléter leurs crimes,
Jusque dans les maisons vont chercher leurs victimes.
Le titre d'étranger doit leur être sacré :
Comme les habitants, ils furent massacrés.
Pendant plus de trois heures que dura le carnage,
Ces monstres inhumains ont assouvi leur rage.
Un courrier arriva, au nom de l'empereur,

Pour qu'on suspendît enfin le carnage d'horreur ;
Mais il n'était plus temps d'arrêter l'essor,
Quinze mille malheureux avaient trouvé la mort.
Lorsque le saint prélat eut appris ces nouvelles,
Son noble cœur sentit des étreintes mortelles ;
Il s'écriait souvent, dans ses nobles désordres :
— Non, Théodose ici n'a pas donné ces ordres :
Il n'a pu les donner, car je connais son cœur ;
Il n'aurait pas signé cet arrêt plein d'horreur.
Il n'aurait pas permis qu'enfin, dans ses Etats,
Qu'il pût se commettre tant de noirs attentats.
Dieu n'aurait pas permis qu'un prince si sensible
Eût signé de sa main un ordre si terrible.
C'est quelque courtisan ; quelque lâche flatteur,
Abusant de son nom, a fait tous ces malheurs,
Mais tout est confirmé en cette occasion ;
Alors Ambroise n'a plus nulle consolation.
Ah ! oui, c'est Théodose, et par un ordre inique,
Qui s'est souillé du meurtre de Thessalonique ;
C'est l'infâme Ruffin, dans son emportement,
Qui a su échauffer tout son ressentiment.
Enfin le saint prélat, dans sa vive douleur,
Etait couché par terre et noyé dans les pleurs ;
Puis il invoquait Dieu, dans son noble transport,
De finir ses tourments en lui donnant la mort.
Mais Ruffin, pour le voir, à l'instant se présente ;
Il veut l'entretenir de choses bien pressantes.
Quoique par le chagrin Ambroise abattu.
Il dit avec transport : — Monstre ! que veux-tu ?
Je vois à ton air faux, qui décèle traître,
Qu'ici exprès tu viens me parler de ton maître ;
Oses-tu bien encore te montrer à mes yeux,
Gâter l'air de ton souffle et profaner ces lieux ?
Oserais-tu de Dieu implorer la clémence,
Quand tant de malheureux lui demandant vengeance ?
Tu ne connais pas Dieu ; et ton âme infernale,
Ne sert que le démon et le génie du mal.
Ruffin tombe à ses pieds, veut lui baiser les mains.
— Retire-toi, monstre infâme, souillé de sang humain ;
Sors d'ici, va chercher ce prince criminel,
Qu'il vienne m'égorger au pied de cet autel ;
Qu'il se presse au plus tôt. Ruffin, tu peux lui dire
Que je cite son nom, mais c'est pour le maudire,
Toi, vil exécuteur de ses commandements,

Tu recevras bientôt ton juste châtiment (1).
Il repart tout confus, le remords dans le cœur ;
Mais comment pourra-t-il aborder l'empereur ?
Comment lui annoncer, dans sa douleur extrême,
Que le digne prélat lui lance l'anathème ?
Il faut pourtant lui dire ; un instant il recule
Et cherche le moyen de dorer la pilule,
Il va près du monarque, et lui dit seulement
Qu'Ambroise reviendra de son ressentiment ;
Qu'abordant près de lui, avec soumission,
Il pourra regagner sa bénédiction.
L'empereur à ces mots conçut quelque espérance :
Il n'osait du prélat supporter la présence.
Il faut qu'il se soumette enfin et se décide :
Il ne peut supporter ses remords homicides ;
Puis il espère enfin, en faisant pénitence,
De toucher le Seigneur, gagner son indulgence,
Et que, par les secours de la religion,
Il pourra obtenir son absolution.
Dans ce noble dessein, il se met en voyage.
A peine commence-t-il ce saint pèlerinage,
Qu'il se sent soulagé, car il croit obtenir,
Par la bonté de Dieu, un meilleur avenir.
Il arrive sans suite et sans cérémonial,
Car il avait quitté l'insigne impérial.
Ambroise voit de loin, sur les marches du temple ;

---

(1) Théodose, en Syrie, est le même Théodose qui disait ces paroles mémorables en faveur des misérables dont les propos avaient attaqué sa personne. « Si ces propos, dit-il, procèdent de l'iniquité, ils sont misérables. S'ils viennent de la folie, ils ne méritent que notre pitié. S'ils sont par le désir de nous faire outrage, nous devons les pardonner. »
La dernière victoire que les Thessaloniciens voulaient célébrer est la défaite du tyran Maximilien.

Tu recevras bientôt ta juste récompense.

Le malheureux Ruffin, qui avait conservé son ascendant sur Arcadius, trahi l'Etat, attiré les Huns en Orient, lie une espèce d'intrigue avec Alaric, et, au moment qu'il croit recevoir le prix de sa perfidie, un des soldats de l'armée qui l'entourait va à côté même d'Arcadius lui plonger son épée dans le cœur. On plante sa tête au bout d'une pique, avec une pierre dans la bouche pour la tenir ouverte. Une foule de soldats présentaient aux passants une main de Ruffin qu'ils avaient coupée, et ajoutaient : Donnez à ce malheureux, qui n'en eut jamais assez.

(*Histoire du Bas-Empire.*)

Ne le connaissant point, un instant il contemple
Un homme qui paraît plongé dans la douleur ;
Sa charité le porte à essuyer ses pleurs.
Il avance à grands pas, jusque sous le portique
Et reconnaît l'assassin de Thessalonique...
Il chancelle aussitôt et recule d'horreur.
Il ne lui donne pas le titre d'empereur :
— Vil assassin, dit-il, viens-tu pour ajouter
Encore un sacrilége à ton iniquité ?
Ne franchis pas la porte, car ton Dieu t'abandonne,
Et, par ma bouche enfin, c'est lui qui te l'ordonne ;
Il ne veut pas enfin recevoir de l'encens
Par des mains homicides encore teintes de sang.
— Dieu, dans son équité, sa bonté paternelle,
N'a-t-il pas pardonné au plus grand criminel ?
Lui dit Théodose en poussant un soupir.
Si vous saviez, mon père, quel est mon repentir,
Et combien j'ai pleuré sur un si grand malheur,
Vous prendriez pitié de ma vive douleur.
Ah ! je vous en supplie, quoique je sois coupable,
Ne soyez pas pour moi un juge inexorable.
Que votre bouche ici dicte ma pénitence :
Telle qu'elle sera dictée, je l'accepte d'avance.
Si, pour plaire au Seigneur, il faut que j'abandonne
Les grandeurs d'ici-bas, mon sceptre et ma couronne,
Je ne tiens plus à rien ; toutes ces futilités
Ne sont pas comparables à une éternité.
— Puisque aux vœux du Seigneur vous vous êtes rendu,
Gardez toujours, mon fils, le rang qui vous est dû ;
Faites des lois plus sages, et, s'il vous faut punir,
Gardez au moins du temps pour y bien réfléchir :
Que tel arrêt rendu n'ait son exécution
Au moins dix jours après la condamnation.

DUPRA.

GEORGETTE ET MARIE

HISTORIETTE

—

Georgette avait neuf ans quand elle perdit son père ;
Elle était fille unique, et la plus tendre mère
Prenait de grands soins d'elle, et son intention
Était de diriger son éducation.
Pendant qu'elle l'éclairait de ses sages lumières,
Une jeune voisine, indomptable et altière ;
La voyait chaque jour, et la fatalité
Mit dans ces deux enfants par trop d'intimité,
Et la mère, aveuglée par leur grande jeunesse,
Ne voyait rien qui pût contredire la sagesse ;
Voyait avec plaisir ces deux jeunes amies
Toujours jouer ensemble et toujours bien unies.
Elle ne remarquait pas que la jeune Marie
N'avait que des penchants dignes d'une furie.
Elle tyrannisait des chiens trop indolents,
Puis arrachait des plumes à des oiseaux vivants.
Alors, accoutumée à ce spectacle horrible,
Georgette à tout cela paraissait peu sensible,
Voyait avec plaisir l'animal s'affaiblir
Et riait aux éclats en le voyant mourir.
Enfin, en grandissant, elles firent davantage :
Elles battaient les enfants de tout le voisinage.
Un désordre si grand devait bientôt finir :
Par leurs propres méfaits, seules, elles vont se punir.
Et Dieu, pour réprimer leur odieuse malice,
Va enfin pour toujours mettre un terme à leurs vices.
Un jour alors la mère avait occasion
D'aller à quelque lieu pour faire provision.
L'emmener avec elle, elle se croirait coupable :
Le froid est rigoureux, la route impraticable,
Et tout bien réfléchi, en cette occasion,
Ma Georgette aujourd'hui gardera la maison.
Mais, avant de partir, elle tint ce langage :
— En mon absence, enfant, surtout soyez bien sage,

Afin qu'à mon retour vous ayez mérité
Les gâteaux, les bonbons que je vais apporter.
Obéissez surtout à la bonne Marente :
C'était enfin le nom de la jeune servante.
Elles promirent tout; enfin, d'un pas agile,
La mère brave le grand froid et se rend à la ville.
La pauvre femme, hélas! était sans défiance
Et comptait un peu trop sur leur obéissance.
Sitôt qu'elles furent seules, oubliant la raison,
Sans nulle retenue bouleversèrent la maison;
Et la pauvre Marente, par un peu de morale,
Veut leur faire cesser un si grand bachanal.
— Vous m'ennuyez, Marente, fut la belle réplique;
On ne commande pas, quand on est domestique.
Un beau chat angora, qui faisait leurs délices,
Et depuis bien longtemps soumis à leurs caprices,
A fixé leurs regards, et, malgré ses douceurs,
Elles vont aussi sur lui exercer leur noirceur.
Elles l'appellent, et bientôt il se rend à leur voix,
Car il n'oserait pas résister à leurs lois.
Il arrive près d'elles, dans une humble posture,
Quand elles veulent du feu lui donner la torture;
Mais, peu accoutumé à un tel exercice,
D'un pareil attentat veut se faire justice,
Leur donne de la griffe et se sauve en miaulant,
Car il a sur le dos un gros charbon ardent.
Pour se débarrasser de l'importun fardeau,
Il se met sous le lit; le feu prend aux rideaux,
Puis il se communique enfin dans la maison.
Tout dans un seul instant est en combustion.
Le feu fit des progrès et d'une telle sorte
Que les méchants enfants ne purent gagner la porte.
Elles voulurent se sauver, mais il n'était plus temps.
Presque tous leurs voisins étaient déjà aux champs.
Pour dompter l'incendie, ils se montrèrent actifs,
Mais ils ne purent donner que des secours tardifs.
On les retire enfin, car le feu a cessé
Avec tous les efforts dont on s'est empressé;
Puis on leur prodigua des secours superflus :
Ils venaient d'expirer, hélas! ils n'étaient plus.

MORALE

Vous voyez ce tableau : ces souvenirs touchants
Prouvent que Dieu toujours sait punir les méchants.

Pour plaire au Créateur, obéissez toujours
A l'être si chéri qui vous donna le jour ;
Que, par votre sagesse et votre contenance,
Il soit dédommagé des soins de votre enfance,
Et priez Dieu toujours que, enfin, par sa bonté,
Vous soyez digne un jour de son éternité.

DUPRA.

(*Propriété de l'auteur.*)

MORALE SUR LA MORT

Je voudrais dans mes chants peindre ici la nature,
Par des accords touchants et des conseillers purs.
O Dieu ! de ton trône anime mon pinceau,
Pour donner des couleurs à mon faible tableau.
Et fais que l'Esprit-Saint descende dans mon cœur,
Et de mes fautes, enfin, montre-moi la laideur.
Je ne crains rien, enfin, et pourrais, je crois,
Braver tous les enfers, si tu es avec moi.
Vous, mondains débauchés, qui me fûtes si fatals,
Je ne suivrai plus vos leçons immorales.
O toi ! riche, qui veux opprimer l'indigent,
Enfin, sans tromperie et sans illusions,
Tu te reprocheras ces belles passions ;
Qui semblaient dans un temps t'assurer le bonheur.
Combien de fois, hélas ! qu'au mépris de l'honneur
Ton âme impure, fuyant le précepte du sage,
Donnait un libre cours à ton libertinage.
Après t'être souillé par autant d'inconduite,
Tu chantes tes bienfaits, tes vertus, ton mérite.
Il est vrai que des gens, dans tes yeux emportés,
Ont quelquefois vanté tes libéralités.

Quel bien leur as-tu fait, ton malheur est extrème;
En les perdant, enfin, tu t'es perdu toi-même.
Si, dans tous les plaisirs, moins emporté, moins vain,
Tu avais soulagé la veuve et l'orphelin;
Loin de favoriser des plaisirs odieux,
Ces dons auraient été plus agréables à Dieu.
Mais, enfin, l'indigent, loin de le seconder,
Parait fait pour servir, toi pour commander.
Mais qu'est-il moins que toi? La seule différence
C'est que l'or dans tes mains circule en abondance.
C'est que, plus opulent par l'habit et le rang,
Tu te crois, selon toi, un être différent.
Ces beaux draps, que tu mets tant d'orgueil à porter,
Semblent faits pour cacher toutes les difformités.
Penses-tu que ce corps, que tu juges si beau,
Deviendra la pâture des vers ou d'un corbeau,
Et que ton âme, enfin, devant ton juge admise,
Répondra des erreurs que tu auras commises?
En vain, tu gémiras sur ce monde trompeur,
Sur tes égarements tu verseras des pleurs.
D'un monde corrupteur, évite les abus,
Pense à faire ton bonheur, reviens à la vertu;
Si Dieu sait nous punir, il sait nous pardonner.
Profite au moins du temps qu'il veut bien te donner,
Pour réparer les torts dont, dans ta turpitude,
Tu as depuis longtemps contracté l'habitude.
Soulage l'indigent, tu trouveras des charmes,
Souvent avec peu d'or à sécher bien des larmes.
Enfin, de l'orphelin sois toujours le soutien,
On a le cœur content quand on a fait du bien.
Élève tes regards jusqu'au temple des cieux,
Cette seule pensée te rendra vertueux.
Que Dieu soit ton refuge, et que, dès ce moment,
Tu ne t'écartes plus de ses commandements.
Pour régler ta conduite, il ne faut que songer
Que les biens d'ici-bas ne sont que passagers.
Prends la voie du Seigneur et marche aveuglément,
Change une éternité aux plaisirs d'un moment.

DUPRA.

FAIT HISTORIQUE

—

Fait historique sur la mission de M. Petit, sur la propagation de la foi aux États-Unis, à Chichipé-Oudipé, 1835, et le voyage qu'il fit avec les proscrits, du mois de septembre au mois de novembre 1835. Son noble dévouement à la cause du christianisme, sa charité pour les malheureux opprimés, lui ont coûté la vie en ce monde, et nous avons tout lieu de croire qu'il a gagné l'éternité bienheureuse en l'autre.

1er CHANT

Une vaste contrée, qu'on nomme Indiana,
Ne conserva toujours le nom qu'on lui donna
Que par le souvenir de ces races anciennes
Qui, venues de l'Asie par les îles Aléoutiennes,
Pour s'y fixer, enfin, y établirent leurs lois
Entre l'Obi et la rivière des Illinois.
Mais les dominateurs, à qui ils portent ombrage,
Ne veulent plus longtemps garder leur voisinage.
Le conseil décida, pour s'en débarrasser,
Pour un autre pays qu'ils seraient expulsés.
Dans le plus court délai, ils doivent être bannis
De tout le territoire des États-Unis.
On les fit assembler sans aucun appareil,
Prétextant le besoin de tenir un conseil.
Ils s'assemblent, enfin; mais pouvaient-ils s'attendre
Que le conseil n'était qu'un piége pour les prendre?
On fit donc prisonniers huit cents qui s'assemblèrent;
Ils pleurent Chichipé-Oudipé, qu'ils quittèrent.
— Où allons-nous? dirent-ils; sur des terres étrangères,
Aurons-nous près de nous les tombes de nos pères?
Aurons-nous près de nous notre digne pasteur,
Pour alléger nos peines et calmer nos douleurs?
Que ferons-nous, privés de ses sages discours,
De la religion privés des saints secours.

S'il ne nous quittait pas, loin de verser des larmes,
Cet exil pour nous aurait encore des charmes :
Dieu se trouve partout où il porte ses pas,
Et nous serions heureux s'il ne nous quittait pas.
A de pareils discours, le chef est décidé
De prier le pasteur, qui, seul, peut les guider,
De les accompagner, ne fût-ce qu'en apparence,
Pour qu'ils quittent, enfin, le lieu de leur naissance.
Il se rend aussitôt au lieu qu'on lui indique.
Aussitôt que paraît le jeune ecclésiastique.
Il se voit entouré, et ces pauvres humains
Tombèrent à ses pieds et lui baisèrent les mains.
— Oh ! ne nous quittez pas, quel serait notre sort,
S'il faut partir sans vous, nous préférons la mort.
Le jeune prêtre, enfin, touché d'un tel aveu,
Leur dit qu'il partira et qu'il cède à leurs vœux.
Il leur fit la prière, puis après il ajoute:
— Allons, mes chers enfants, il faut nous mettre en route.
A son ordre, aussitôt, que chacun prenne place.
Leur père est avec eux, rien ne les embarrasse;
Par ses sages discours, le bonheur leur sourit.
A l'ouest de l'Arkansas, proche du Missouri,
Près du Mississipi, à gauche de sa rive,
Ils supportèrent, enfin, des chaleurs excessives.
Le temps sec, l'air pesant et les eaux impotables,
Rendent à ces malheureux la mort inévitable.
Par ici, l'on pleurait un ami ou un frère,
Un autre son mari, son enfant ou son père.
Beaucoup y succombèrent, et leur jeune pasteur
Leur fait par sa piété supporter leur malheur.
Il leur faisait l'office, l'autel qu'il improvise,
Et la voûte du ciel leur tenait lieu d'église.
Puis, quelques végétaux, quelques fleurs naturelles,
Sont les seuls ornements qui paraient son autel.
Leur grande piété et leur recueillement
Conviennent mieux à Dieu que tous les ornements.
Quand du Mississipi, ils passèrent l'autre rive,
Le temps devint moins sec et la chaleur moins vive.
Ce changement subit dans la température
Rend aux pauvres exilés leur première nature:
La santé leur revient, ils veulent en ce lieu
S'arrêter un instant pour rendre grâce à Dieu.
Ils ont bientôt franchi le territoire indien ;
Ils seront bientôt libres en quittant leurs gardiens.
Ils arrivent, enfin, sur la terre promise ;

Chacun, de son côté, par tribu se divise,
De leurs provisions partagèrent les débris,
Et chacun se prépare à se faire un abri.

2ᵐᵉ CHANT

Une femme, déjà courbée par les années,
Dit à ses deux enfants : Sommes-nous condamnés
A vivre dans ces lieux. Hâtons-nous d'en sortir,
Car je n'y prévois pas un brillant avenir.
Allons donc plus avant, c'est dans nos intérêts,
Nous pourrons y trouver de spacieuses forêts;
Le gibier y sera en plus grande abondance.
Et ses deux fils cédèrent à son expérience;
Ils se mirent en chemin et pendant plusieurs jours,
Sans trouver un endroit pour fixer leur séjour;
Mais il faut arrêter le dessein qu'ils poursuivent,
Car leur mère est infirme: elle ne peut les suivre,
Et, pour la préserver de toute intempérie,
Ils lui font une hutte et préparent un lit :
C'est un peu d'herbe sèche, ramassée au moment,
Qui a fait le complet de son ameublement.
Mais comment feront-il pour leurs provisions ?
Il n'en reste plus rien. Quelle désolation !
Que vont-ils devenir en cette extrémité?
Adressant leurs prières à la Divinité :
—Mon Dieu! disaient-ils, dans leur douleur amère,
Jette les yeux sur nous, protége notre mère;
Protége nos travaux, et que, par leur produit,
Nous bravions la misère où nous sommes réduits.
Que la santé revienne et qu'enfin, grand Seigneur,
Nous puissions de nos maux supporter la rigueur !
Ils partirent tous deux et firent attention
Qu'il y avait près de là quelques habitations ;
Ils avancèrent un peu et virent un habitant
Qui venait auprès d'eux ; ils attendent un instant :
De s'entendre avec lui, ils eurent l'avantage,
Puisque des Kikapous ils savent le langage ;
Ils lui firent bon accueil et puis, avec douceur,
Ils suivirent les leçons de leur jeune pasteur.
Le Kikapous, surpris de leur civilité
(Tant de douceur chez eux n'était pas usitée);
Il écoute gaîment leur réponse en intime,
Et cherche en ce moment à gagner leur estime :

— D'où venez-vous, dit-il, vous êtes étrangers?
Et parmi nos tribus vous venez vous ranger?
Vous y serez très-mal, car leur humeur altière
Ne répond pas trop à votre caractère;
Pour bien vivre avec eux, il faut les imiter,
Et se rendre au penchant de la férocité,
Et je crois que, pour vous, il serait bien meilleur
De passer ces tribus pour vous fixer ailleurs.
Nous avons un colon qui tire d'Amérique
Des vivres et d'autres objets qu'avec nous il trafique;
Quelqu'un de la tribu, qu'on ne peut découvrir,
S'est introduit chez lui la nuit pour lui ravir;
Il offre en récompense une grande valeur,
A qui pourra chez lui ramener le voleur.
S'il venait à partir, nous serions attristés,
Car il nous est ici de grande utilité.
Ils le quittèrent, après tous ces renseignements,
Lui adressèrent, aussi, mille remercîments;
Retournant vers leur mère, alors ils s'embarrassent
S'ils pourront lui porter du produit de leur chasse;
Ils parcourent longtemps ces contrées malheureuses,
Et la chasse pour eux n'est pas bien fructueuse:
Ils n'avaient qu'un faisan qu'ils puissent rapporter,
Puis un peu de racines pour les alimenter.
Leur malheureuse mère, après tant d'abstinence,
Ressentait chaque jour augmenter ses souffrances.
Elle prenait bien soin de cacher ses douleurs;
Elle connaissait trop la bonté de leurs cœurs;
Elle sentait pourtant, par son expérience,
Qu'elle touchait au terme de son existence;
Elle n'aspirait plus, dans sa position,
Qu'aux derniers secours de la religion.
A l'entrée, de ses fils elle voit la tristesse;
Ses forces l'abandonnent, elle tombe en faiblesse;
Ils avancent près d'elle, dans leurs vives douleurs,
Ils croient qu'elle est morte et l'arrosent de pleurs;
Enfin, par leurs transports, leurs filiales étreintes,
Ils rendent à leur mère des forces presque éteintes.
Aussitôt qu'elle fut rendue à la lumière,
Fixant les yeux au ciel, elle fit sa prière:
— Mon Dieu! s'écria-t-elle, avec une âme pure,
La mort est un tribut qu'on paye à la nature;
Fais que, par les remords de mes iniquités,
Que je puisse espérer obtenir tes bontés;
Tu pardonnes les fautes au sincère repentir,

Au mien, Dieu puissant, daigne enfin compatir.
Si je quitte la vie de tribulations,
Daigne prendre mes fils sous ta protection.
Quand elle eut achevé cette courte oraison,
Elle se sentit plus de résignation;
Mais ses malheureux fils, dans leur vive douleur,
Ne voyaient rien qui pût adoucir leur malheur;
—Mon frère, dit l'un d'eux, il me vient une idée:
Je vais sauver ma mère, il faut me seconder;
Tu sais que le colon destine une valeur
A qui pourra chez lui ramener le voleur;
Les instants sont comptés, prends vite ces liens,
Attache-moi bien vite et les bras et les mains;
Puis, conduis-moi chez lui, comme le malfaiteur.
Dépêche-toi, mon frère, et touche la valeur;
Reviens bien vite ici et, pour me satisfaire,
Sois le plus prompt possible à terminer l'affaire.
Pour suivre cet avis, le frère est trop sensible,
Et lui fait entrevoir qu'il serait impossible:
— Tu ne vois pas, dit-il, quel serait ton sort?
Il veut le malfaiteur pour lui donner la mort;
Crois-tu que notre mère, enfin, quoi qu'il advienne,
Voudrait garder la vie aux dépens de la tienne?
—Mon frère, je te sais gré de tes réflexions,
Ici je dois céder à mes inspirations;
Dieu va guider nos pas et sens dans mon cœur
Que je sauve ma mère et la rends au bonheur.
Il donne des liens, puis il lui tend les mains,
Et, dans ce triste état, se mirent en chemin.
Ils arrivent enfin, conduit de cette sorte,
Mais comment du colon oser franchir la porte?
A plus de fermeté le jeune frère l'engage;
De sa mère mourante il lui montre l'image:
—Courage! lui dit-il, mon frère, sois actif
Et ne lui porte pas un secours trop tardif.
Le colon apparaît, dit: — Que venez-vous faire?
— En peu de mots, Monsieur, je vais vous satisfaire:
On vous a dérobé de vos provisions,
Et trouver le coupable est votre intention;
Puisqu'ici dans vos mains je remets le fauteur,
Je réclame le prix promis au délateur.
Et, dans le même instant, sans aucune remise,
Le colon lui donna la récompense promise;
Il s'empresse aussitôt à partir de ce lieu,
En pensant à sa mère et en invoquant Dieu.

Enfin dans le chemin il n'a que le tableau
De son frère captif et sa mère au tombeau.
Hélas! le malheureux, malgré toute sa vertu,
N'en ressentait pas moins son courage abattu.
Mais comment pourra-t-il avouer à sa mère
Que les secours qu'il a lui ont coûté si cher.
Il arrive pourtant pour prodiguer ses soins
A l'auteur de ses jours expirant de besoin;
D'un peu de nourriture, alors la bienfaisance,
Paraît pour un moment la rendre à l'existence;
D'un bienfaisant sommeil elle goûte les charmes,
Quand son malheureux fils est noyé dans les larmes.
Sans la quitter des yeux, avec attention,
Il compte de son cœur toutes les pulsations;
Il se sent agité et prie Dieu qu'il inspire,
A son réveil, hélas! ce qu'il pourra lui dire.

3me CHANT.

Le soleil n'avait pas commencé sa carrière.
La pauvre mère, ouvrant les yeux à la lumière,
Elle fixe près d'elle et fut bien étonnée.
Alors de ses deux fils de ne voir que l'aîné;
Son absence déjà lui donne des alarmes,
Puis elle voit l'aîné qui répandait des larmes.
— Où est ton frère? dit-elle en voyant sa douleur;
Serait-il arrivé quelque nouveau malheur?
Puis elle lui demanda, avec sévérité,
Sur le sort de son frère quelle est la vérité.
Il hésite longtemps, mais son cœur est si pur
Qu'il ne peut pas avoir recours à l'imposture:
Il lui apprend enfin, sans trop la disposer,
La grandeur du péril où il est exposé.
Après qu'elle eut reçu un aveu si fatal,
Elle se lève enfin et ne sent plus son mal;
Alors, dans le transport de son affreux délire,
La douleur un instant a perdu son empire;
Mais ses forces épuisées ne tinrent pas longtemps,
Tous ses efforts sont vains, elle tombe à l'instant.
Pour la tranquilliser, son fils tient ce langage:
— Ne vous désolez pas, mère, prenez courage;
Le Dieu que nous servons connaît son innocence,
Il le protégera de sa toute-puissance;
Avant que le soleil ait terminé son cours.

Auprès de nous, ma mère, il sera de retour.
Je pars vers le colon pour le redemander,
Un pressentiment dit qu'il va me l'accorder.
Il consola sa mère et lui baisa les mains ;
Pour réclamer son frère, il se mit en chemin.
Mais voyons le colon et quelles sont ses idées,
Sur le sort de son frère ce qu'il va décider :
Enfin, sitôt qu'il eut quitté le délateur,
Il s'en va trouver le soi-disant voleur,
Et lui dit en entrant, d'une voix imposante :
— Peux-tu justifier ta conduite infâmante,
De ton crime sais-tu quel en sera le prix ?
Va, dans un seul instant, tu vas en être instruit.
Apprends donc que la mort va me faire justice,
Du tort que tu m'as fait, et réprimer le vice ;
Puis d'horribles tortures précéderont ton trépas,
Pour que dans nos tribus on ne t'imite pas.
Mais tu pourrais encore fléchir ma colère,
Car la férocité n'est pas mon caractère.
Oh ! pour me désarmer n'emploie pas l'artifice,
Dis-moi la vérité, nomme-moi tes complices ;
Seul tu n'aurais pas commis un tel forfait,
Et cite-moi au moins l'auteur de ce méfait.
Quelqu'un de la tribu, exploitant ta jeunesse,
T'aura conduit ici, et de belles promesses
T'ont sans doute séduit, et tu es la victime
D'avoir cru leur conseil et partagé leurs crimes.
Enfin par tes aveux, un sincère repentir,
A adoucir tes maux je pourrais compatir ;
— Je ne suis pas fautif et je dois le paraître,
Vous pourrez me juger, vous en êtes le maître,
Vous l'avez dit, Monsieur, je suis une victime,
Le malheur me poursuit, et n'ai pas fait le crime.
Je n'ai jamais voulu me souiller d'un tel vice ;
Et ne peux pas alors vous nommer des complices.
Si je ne puis ici échapper à mon sort,
Si vous dictez l'arrêt, je subirai la mort ;
Il serait superflu d'implorer la clémence,
Mais le Dieu que je sers connaît mon innocence.
— Puisque tu veux toujours soutenir l'imposture,
Tu seras moins discret demain à la torture.
Le lendemain, avant que fut levée l'aurore,
Il revint près de lui l'interroger encore.
Il emploie tout enfin, et rudesse et douceur :
A toutes les questions il n'obtient que des pleurs.

Le colon décida, pour tirer quelque aveu,
De lui faire endurer la torture du feu.
Il appelle les sbires et leur donne l'indice,
Pour qu'ils aillent aussitôt préparer le supplice.
Pour apporter le feu, ils firent diligence ;
Pour ces cœurs de rocher, quelle réjouissance !
Dans leur férocité, ils aspirent au moment
De repaître leurs cœurs de ses gémissements.
Mais son frère arriva : à son air consterné,
Sa fermeté alors paraît l'abandonner ;
Il demande, en versant des larmes bien amères,
— Viendrais-tu m'annoncer la perte de ma mère ?
— Non, mon frère, lui dit-il, je n'ai pas la douleur
De revenir ici t'annoncer ce malheur.
Mais je viens au colon prouver ton innocence,
Pour ma supercherie implorer sa clémence ;
Après tous nos malheurs, si son cœur est de glace,
Je vais rester ici et mourir à ta place.
S'adressant au colon, d'une voix déchirante,
Il lui fait le tableau de sa mère mourante,
Et lui dévoile enfin l'exacte vérité,
Qui les a décidés à cette extrémité.
À de pareils discours, de nouveau il s'irrite.
Cette belle action a bien quelque mérite,
Mais on a abusé de sa crédulité,
Est-il, dans leur rapport, de la sincérité ?
Il est bientôt rendu à son indifférence ;
Il réfléchit un peu et croit que la prudence
Est de garder les deux dans cette occasion
Et de faire à leur hutte une perquisition.
Dans cette intention, il commande l'escorte.
Que voit-il arriver à cent pas de la porte ?
C'est quelque homme armé avec intention
Qui désigne de loin son habitation ;
Puis il voit parmi eux deux hommes ensanglantés
Avec de lourds fardeaux qu'on leur faisait porter.
Arrivant près de lui, le chef de la tribu
Dit : — Voilà deux ballots, tiens, les reconnais-tu ?
— Ces ballots sont bien ceux qui m'ont été volés.
L'auteur de ce méfait est enfin dévoilé.
Mais n'étaient-ils que deux pour s'introduire ici ?
Confrontons les premiers ; je veux être éclairé.
On fit venir alors les deux jeunes Indiens.
Séparés de l'autre, entourés de gardiens,
Le colon, en entrant, leur dit avec malice :

— Vous voyez, maintenant, nous tenons vos complices.
Pouvez-vous le nier, ici, en leur présence?
Qu'allez-vous alléguer, quelle est votre défense?
— Ce que nous avons dit n'est que la vérité.
Pour vous convaincre mieux, nous pouvons ajouter :
Nous sommes en ces contrées depuis trop peu de temps
Et nous ne connaissons aucun des habitants.
Pour vous convaincre, enfin, il suffira peut-être
Qu'aucun de la tribu ne saura nous connaître.
Aussi proches de vous, nous n'aurions pu longtemps
Nous soustraire à la vue de tous les habitants.
Vous voyez bien, Monsieur, il vous est bien prouvé :
Le crime était commis avant notre arrivée.
On interroge aussi les deux derniers venus :
— Ces jeunes gens, dirent-ils, nous sont bien inconnus.
Vous pouvez à présent nous conduire au supplice;
Mais ces deux malheureux ne sont pas nos complices.

(Propriété de l'auteur.)